VIVE

LA GUERRE!..

Prix : 50 centimes.

PARIS

CHEZ TOUS LES LIBRAIRES

1867

Vive la Guerre !

I

Vive la Guerre !

Mais au moment où je me dispose à développer cette thèse, voilà que, de toutes parts, je me vois assailli de mille imprécations.

Les femmes surtout me couvrent d'ignominie.

Quant à elles, sachant bien que si elles aiment tant la Paix, c'est uniquement parce qu'elles y peuvent donner carrière à cette insatiable vanité que la Guerre humilie, je passe outre et je répète :

Vive la Guerre!

Lors même que je le voudrais, il me serait d'ailleurs impossible de célébrer la Paix, n'ayant ni la suavité de parole, ni la recherche de pensées, ni la variété d'arguments, ni l'appareil d'éloquence que comporte un tel sujet.

Mieux vaut donc me présenter de suite et franchement en apologiste de la Guerre.

N'ai-je pas d'ailleurs pour moi ces paroles de celui dont toute parole, s'il en fût jamais, doit être parole d'Evangile :

« *Ne croyez pas que je sois venu porter la paix sur la terre.* »

Vous entendez? *Ne croyez pas!...* et il ajoute, afin que nul n'en ignore :

« *Je ne suis pas venu porter la paix, mais bien le glaive.* »

Si, malgré une telle autorité, vous ne voulez pas m'écouter, libre à vous ! je n'en poursuivrai pas moins.

II

Lorsque Dieu entreprit la tâche difficile de faire de rien, tout, que fit-il autre chose que d'inventer la Guerre ?

Cette assertion vous surprend, peut-être, mais n'avez-vous pas lu qu'avant la création : « L'*Esprit divin était porté sur les eaux.* »

Or, qu'est-ce que l'eau, sinon le mouvement et la lutte en permanence, c'est-à-dire la Guerre ?

N'est-ce pas l'eau qui, amoncelée par les vents, se rue en ennemie vers la terre, et, se frayant son passage par la violence, comme une armée envahissante et dévastatrice, se répand par les campagnes ; qui, dédaigneuse de tous les obstacles, arrache les ponts, rompt les digues, ruine les murailles, et, victorieuse, ne rentre dans son lit que chargée de butin, emportant villes et cabanes, pasteurs et troupeaux, arbres et fleurs, fière de voir ses soldats, c'est-à-dire ses vagues, se partager les dépouilles de la terre ?

N'est-ce pas l'eau qui, du temps de Noé le sage, c'est-à-dire le pacifique, flagella le monde de mille ravages, submergeant les hommes comme des poissons, portant les poissons jusque dans le nid des oiseaux, et engloutissant enfin oiseaux, poissons et hommes dans l'immense fosse commune qu'elle leur avait elle-même creusée ?

Ne ressort-il pas clairement de là que si Dieu, avant d'entreprendre son œuvre, se tenait sur les eaux, ce terrible élément de destruction, c'est que, dans sa pensée, la Guerre était antérieure, c'est-à-dire supérieure à tout.

III

Détestable argument ! entends-je s'écrier de tous côtés. Comment Dieu, le suprême Bien, pourrait-il aimer la Guerre, le Mal suprême ?

Permettez :

J'ai bien dit que Dieu préfère la Guerre à la Paix ; mais, loin d'avouer que la Guerre soit un mal, je prétends prouver, qu'étant le suprême Bien, elle doit, à ce titre, être aimée de Dieu, le Bien suprême.

D'abord, la Guerre incessante qu'au nom de la justice les tribunaux font aux malfaiteurs ; qu'au nom de la sécurité, les chasseurs font aux animaux féroces ; qu'au nom de la santé, les médecins font aux maladies : cette guerre est-elle donc blâmable ? Nul n'oserait le dire, et l'on doit au contraire la bénir de ce qu'elle purge le monde de tout ce qui le gâte, l'attriste et le corrompt.

En second lieu, n'est-ce pas une opinion commune à tous les théologiens, que Dieu ne peut faire le Mal, puisqu'il fait comme Bien tout ce qu'il fait ? Et ne s'ensuit-il pas qu'il doit aimer tout ce qu'il fait ?

Quand donc il prend lui-même les titres de Dieu combattant, de Dieu des armées, de Dieu de vengeance ; quand il proclame être venu porter au monde « *Non la paix, mais le glaive*; » lorsque, à diverses reprises, se mettant lui-même en campagne, il détruit villes, peuples et mondes, on a bien quelque droit d'en conclure que la Guerre, quand le but en est louable, est aimée de Dieu, et que, par cela même, elle est bonne, puisque lui, qui ne fait et ne peut faire que le bien, y a lui-même recours.

Donc, si pour Dieu même la Guerre est supérieure à la Paix, si la guerre est bonne,

Vive la Guerre !

IV

Dieu, de tout temps, aima tant la Guerre, que ce fut en elle seule qu'il trouva jadis son repos.

En effet, après avoir créé le ciel et la terre, si merveilleuse que lui-même trouvât son œuvre, il ne s'arrêta pas.

Après avoir créé la mer, la lumière, les plantes, les oiseaux, les poissons et tous les autres animaux, malgré ses divines fatigues, il n'aspirait encore qu'à de nouveaux travaux.

Il ne se reposa enfin qu'après avoir créé l'homme, c'est-à-dire celui qui devait si vite et le premier se révolter contre lui.

Et encore ne se reposa-t-il qu'à moitié, puisque, si la Paix est dans ses actes, ses paroles ne respirent que la Guerre.

Ainsi, il s'écrie dans] Ezéchiel : « *Mon glaive, en volant, se promenait sur leur face.* »

Dans Jérémie : « *J'enverrai mon glaive sur eux.* »

Il s'incarne, et, malgré les pacifiques protestations des anges, il dit : « *Je ne suis pas venu porter la paix, mais le glaive.* »

Et encore : « *Le royaume des cieux souffre la force, et les violents s'en emparent.* »

Si donc, dans le ciel, sur la terre et en tous lieux, il est question de Guerre ; si Dieu, dans sa divinité, et la divinité en Jésus en parlent sans cesse ; si dans les temples, les prêtres en raisonnent ; si, dans le monde, l'homme et même la femme la font ; si les vivants et peut-être les morts la connaissent, de quel droit voudrions-nous la mépriser ?

<h2 style="text-align:center">V</h2>

La plus belle œuvre qui sortit des mains de Dieu, fut ce délicieux jardin qui, si justement, mérita d'être appelé Paradis terrestre.

Ah ! le beau lieu de délices !

L'air y était riant, les eaux tranquilles, les vents muets, les arbres verts, les prés fleuris.

Le ciel, la terre, les éléments, les animaux, y vivaient en Paix à l'égard les uns des autres ; toute espèce de Guerre en était bannie.

On y mit l'homme,

> Qui n'estime la Paix et ne la cherche guère
> Qu'après avoir connu les horreurs de la Guerre.

Aussi ne tarda-t-il pas à se lasser de ce comble de félicité, et ne songea-t-il bientôt qu'à s'en débarrasser ; et, à voir l'ardeur qu'il mit à en trouver les moyens, il est impossible de ne pas admettre qu'il y tenait beaucoup.

Il est, en effet, à supposer qu'ayant été doté par Dieu même, il avait bien assez d'intelligence pour discerner ses amis de ses ennemis, et que, s'il se laissa prendre aux embûches du serpent, c'est qu'il y mit quelque complaisance, et redoutait moins la Guerre inévitable que devait lui attirer sa désobéissance, qu'il ne haïssait l'ennuyeuse Paix à laquelle, par sa soumission , il se trouvait condamné.

Et c'est là ce qui fit de lui le plus valeureux soldat qui ait jamais existé.

Valeureux, en effet ! puisqu'il combattait moins pour acquérir des biens terrestres, qu'afin de conquérir cette immortalité, enviée de beaucoup, mais que si peu obtiennent.

Valeureux ! puisque, dans son audace, il quittait le certain pour l'incertain.

Valeureux ! puisqu'il osait s'attaquer à un adversaire qui lui était en tout si supérieur.

Valeureux ! enfin, puisque, méprisant la mort prochaine qui lui avait été prédite, il préférait mourir en combattant que de vivre en ne faisant rien, —c'est-à-dire en s'ennuyant.

VI

Je prévois bien que vous allez me demander ce qu'il y gagna.

— Qu'il nous montre donc les dépouilles conquises par lui dans la bataille, ce soldat tout nu, qui, après sa victoire, se voyait contraint de mendier aux arbres un vêtement qui lui était devenu indispensable. Où sont les royaumes acquis, les villes soumises, les provinces annexées? O le grand vainqueur qui se voit chassé de sa propre demeure ! O le glorieux capitaine qui se trouve réduit à prendre pour arme une pioche ! O merveilleux résultats d'une Guerre, dont la douleur, la maladie, le travail, les persécutions, les injures, la honte et les malédictions sont les uniques fruits !

Un instant !

Puisque vous ne voyez pas ce que rapporta à Adam cette campagne, ce seront encore les livres sacrés qui nous l'apprendront.

D'abord, aveugle dans la Paix, il conquit par la Guerre la vue, puisque : « *Les yeux de tous deux furent ouverts.* »

D'ignorant, il devint savant : « *Connaissant le bien et le mal.* »

Et, enfin, de nu qu'il était, il se trouva habillé, puisque : « *Ils cousirent ensemble des feuilles de figuier, et ils s'en firent des...* *culottes.* »

(Je demande pardon de la vulgarité du terme, mais « le

latin » qui, au dire de Boileau, « dans les mots brave l'honnê-
teté, » est, tout sacré qu'il soit, dans le cas présent, vraiment
intraduisible).

De plus, l'Eglise fait s'écrier par un diacre dans l'office de la
fête des Rameaux : « *O nécessité certaine du péché d'Adam !* »

Or, tout ce qui, pour l'âme ou pour le corps, est nécessaire,
devant nécessairement être bon, on est bien forcé de déclarer
très bon le péché d'Adam, et meilleure la Guerre qui en fut la
conséquence.

VII

Mais nous allons, si vous le voulez bien, passer maintenant...
au Déluge.

J'estime, pour ma part, que l'homme presque toujours mauvais, ou tout au moins médiocre dans la Paix, devient excellent
dans la Guerre.

Pour le prouver, il suffirait peut-être d'interroger les juges,
qui seraient bien forcés d'avouer que c'est la Paix qui amène à
leurs tribunaux le plus de coupables.

Mais suivez, en temps de Paix, dans l'oisiveté des garnisons,
ce vaillant capitaine que vous avez vu, dans les camps, en temps
de Guerre, si grand, si imposant, bouillant d'ardeur, méprisant
le danger, et exclusivement occupé du soin de défendre son pays
contre tous ses ennemis.

Où le trouverez-vous ? Hélas ! aux genoux ou aux bras de
quelque femmelette. Ce superbe qui, en campagne, daignait à
peine s'incliner devant un roi ; sans vergogne désormais, s'hu-
miliera devant la première maritorne, et tiendra plus de compte
d'un baiser, dans un boudoir, qu'il ne le faisait naguère, dans sa
tente, des roulements de tambours et des fanfares des clairons.
Si bien, que celui-là même qui, dans la Guerre, ne songeait qu'à
bien servir sa patrie, ne s'occupe, dans la Paix, qu'à offenser son
Dieu, et perd gaiement, en un jour, pour les yeux, beaux ou
laids d'une femelle, cet honneur qu'il mit tant d'années à conquérir, et au prix de combien de fatigues et de blessures !

Observez tour à tour la jeunesse dans les camps et dans les
villes. Ici, elle croupit dans les mauvais lieux, tandis que là

elle aspire l'air frais et salutaire de la nature. L'une abreuve
d'amertume ses parents, tandis que l'autre ne songe qu'à défendre les siens dans les dangers de la patrie ; celle-ci s'abrutit dans
l'oisiveté, celle-là se fortifie par les exercices virils. La première
enfin scandalise le monde du spectacle des vices de la Paix,
tandis que la seconde lui donne l'exemple des vertus de la
Guerre.

Passez aux femmes.

Pendant la Paix, vous aurez beau y regarder, à travers le mas-
que de cinabre et de céruse qui laisse à peine à leur visage la
forme humaine, vous ne trouverez en elles qu'un monstrueux
assemblage de vanités. Non contentes de ruiner leurs maris pour
leur toilette, elles ne dédaignent pas de demander encore des
subsides à leurs amants, et ne réussissent à alimenter leur luxe
qu'au grand dommage de la foi conjugale. Vous pouvez chercher en elles quelque sentiment honnête ; tout ce que vous par-
viendrez à constater, c'est que la plupart aspirent uniquement à
découvrir des Adonis dont elles se puissent faire les Vénus. Sous
prétexte d'aimer qui les aime, elles ne songeront à se réfugier
aux pieds de Dieu que le jour où elles ne pourront plus s'oublier
aux bras des hommes.

Mais, pendant la Guerre,— vous les verrez, en revanche, en-
combrer les églises, enrichir de leurs dons les autels, vivre d'abs-
tinence et sanctifier leur vie par la crainte salutaire de la mort.
Toutes assiégeront le ciel de prières : celle-ci pour un fiancé,
celle-là pour un frère, une troisième pour un fils. Chaque parole
de guerre leur enlève toute futilité ; chaque bataille humilie leur
orgueil ; la moindre goutte de sang leur arrache un torrent de
larmes, et le premier coup de fusil leur fait pousser mille pieux
soupirs.

Pendant la Paix, les villes ne sont pleines que de paresseux,
de fourbes, de crapuleux, de gourmands, d'ivrognes ; ce ne sont
que disciples d'Epicure et de Sardanapale ; ambitieux émules
d'Héliogabale et de Vitellius ; insulteurs du génie et destructeurs
de chefs-d'œuvre ; habitués de tavernes, piliers de lupanars et
entreteneurs de ruffians.

Je ne parle ni des voleurs, ni des violeurs, ni des meurtriers,
ni des assassins,—car la Paix est, à vrai dire, la Guerre en per-

manence contre les cités, les hommes et les biens, tous les crimes se donnant carrière sous son règne. — Et, si vous en voulez des preuves, interrogez, comme je vous l'ai déjà dit, les juges, et vous verrez si je mens ou si j'exagère.

Pendant la Guerre, rien de semblable. En elle toutes les passions légitimes trouvent leur emploi, leur satisfaction et leurs récompenses, et, en chassant des villes l'oisiveté, elle y annule en même temps ses infernales conséquences.

VIII

J'en demande bien pardon à l'ancien qui a écrit que « *La République doit être défendue plutôt par les vertus que par les armes*; » mais les murailles des villes ont besoin d'autres préservatifs que des sentences.

Si mon affirmation ne suffit pas, j'invoquerai l'autorité d'un homme plus docte que militant, et qui ne connut jamais d'autre arme que la plume, — Aristote, qui, au chapitre IX du VIIe livre de sa *Politique*, dit que : « *Ceux qui s'assemblent pour vivre en société, doivent, avant tout, avoir des armes qui les protègent contre la force du dehors.* »

Si vous me dites qu'une seule opinion ne fait pas plus une loi, qu'une fleur ou une hirondelle ne fait le printemps, après avoir reconnu la justesse de votre objection, à une citation d'Aristote, j'en joindrai une de Cicéron.

Il est vrai que celui-ci, soit prédilection personnelle pour les lettres, soit besoin de popularité parmi les lettrés, a un peu légèrement écrit quelque part, à la grande satisfaction des écrivains et au non moins grand déplaisir des soldats : « *Les armes doivent céder le pas à la toge.* »

Mais, bientôt, revenu à la raison, il déclare, dans son discours *Pour Murena*, que « *les dignités militaires doivent procurer plus de gloire que les dignités civiles.* »

Est-ce à dire que Cicéron et Aristote méprisaient les lettres ? Certes non ; mais ils donnaient avec raison la prééminence aux armes, par le motif que, si les lettres embellissent les cités, ce sont les armes qui les protègent, et qu'il ne servirait à rien aux cités de pouvoir être belles si elles n'étaient d'abord sûres.

Pauvres savants! à quoi bon, en effet, suer depuis l'enfance sur des livres, si vous ne pouvez jouir en paix non-seulement de vos livres, mais encore de vos personnes? Que seraient devenues, je ne dis pas seulement vos œuvres, mais encore votre gloire, si les armes ne nous les avaient conservées à travers les bouleversements du monde?

IX

Les hommes, qui ne savent généralement pas ce qui leur convient, demandent à tout hasard ce qu'ils n'ont pas. Quand ils ont la Paix, ils désirent la Guerre ; mais à peine sont-ils en Guerre qu'ils se mettent à soupirer après la Paix.

Que ne comprennent-ils une bonne fois que la Guerre au dehors, c'est la Paix au dedans, et que la Paix intérieure se fait la Guerre à elle-même! Ils seraient bien forcés de reconnaître alors que, Guerre pour Guerre, il vaut encore mieux l'avoir au dehors qu'au dedans.

Ne fût-ce que comme dérivatif aux ennuis et aux dangers de l'oisiveté, la Guerre devrait être souhaitée pour la jeunesse. Il y a, en réalité, un grand inconvénient à laisser, par la Paix, les esprits s'amoindrir, et s'efféminer les cœurs, à la recherche des niaiseries de la toilette qui, de nos jours, ont déjà faussé et auront bientôt corrompu la nature elle-même.

Les prédicateurs ont beau crier, les parents réclamer, les juges punir, rien n'arrête la rage dont est aujourd'hui dévorée la jeunesse. Une ville réussirait plutôt à se garantir de mille assauts, que mille villes à se préserver de l'envahissement de ce terrible ennemi qui s'appelle le luxe.

Si le mal n'atteignait encore que les femmes, leur penchant naturel étant de chercher à se faire aimer, on pourrait, à la rigueur, leur concéder le droit de courir vers ce qui les attire. Mais quelle excuse auront les hommes qui n'ont, eux, qu'à aimer? Et pourtant on trouve, de nos jours, plus de vanité encore chez les jeunes gens que chez les jeunes filles.

Que de familles et de maisons précipitées, par cet insatiable besoin de luxe, des sommets de la prospérité aux abîmes de la misère ! Combien, après avoir survécu à la Guerre, ont trouvé leur ruine dans la Paix !

C'est que, privés par la Paix de l'occasion de s'ennoblir l'âme, les jeunes gens n'ont d'autre ressource que de s'orner le corps, et de chercher dans le luxe les satisfactions qu'il ne leur est pas permis de demander aux armes.

Le seul remède à ce mal, serait de leur faire comprendre que la Guerre ayant commencé avec le monde et ne devant finir qu'avec lui, l'habit dont la mode varie le moins est, par conséquent, l'habit militaire ; hab't qui, au lieu de procurer de maigres satisfactions de vanité, procure de l'honneur véritable, et que nul ne saurait dédaigner, en considérant qu'il fut adopté, de préférence à tous, par nombre d'hommes devenus et restés à jamais célèbres.

X

Aux femmes, je dirai que ce ne furent pas seulement les hommes qui en usèrent ainsi.

Les Amazones, après avoir d'abord, sous l'impulsion de leur instinct, adopté les habits féminins, ne tardèrent pas à en rougir, et, n'en trouvant pas de plus noble, prirent le costume militaire, sous lequel elles accomplirent tant de prodiges. Elles s'en trouvèrent si bien, d'ailleurs, qu'elles n'en voulurent plus permettre d'autre à leurs filles, et, en exerçant celles-ci au maniement des armes, elles les maintinrent au haut rang qu'elles-mêmes avaient acquis dans la guerre.

Combien n'en pourrait-on pas citer, de ces femmes qui relevèrent leur sexe, en adoptant le costume de la gloire, tandis que les nôtres ne se reconnaissent femmes qu'en s'affublant des oripeaux de la vanité, et, ne sachant s'intéresser qu'aux chiffons, perdent plus de temps à s'attifer que n'en emploierait une armée à prendre une ville.

Les femmes objecteront que, adulées, grâce à leurs atours luxueux, elles seraient raillées, au contraire, si elles en prenaient de plus dignes. Cela n'est que trop vrai, mais prouve uniquement que les hommes efféminés forcent les femmes à être vaines.

Je voudrais bien savoir ce que seraient nos femmes, si une ville, longtemps plongée dans les délices de la Paix, venait à être tout à coup assiégée ?

Hélas ! elles ne sauraient probablement que communiquer aux hommes leurs propres craintes, et faire de leurs maris, de leurs frères et de leurs fils, des lâches.

Certains proposent bien, en pareille occurence, d'enfermer les femmes. Mais qui les enfermera ? Est-ce les hommes qui, pendant si longtemps, ne songèrent qu'à dormir entre leurs bras ?

Enfin, comment voulez-vous qu'un homme sacrifie ainsi ce qu'il appelait *sa vie* à ce qui peut produire sa mort ?

XI

Non contente de substituer à la vanité le courage, la Guerre fait encore triompher la vérité du mensonge, et la preuve de ce fait se trouve dans les *Gazetiers* qui se sont donné pour mission de combattre l'ennui des oisifs.

De même que les poètes ne mentent qu'en embellissant la vérité, de même les Gazetiers ne disent la vérité qu'en la falsifiant.

Il est vrai que le monde, à force d'être trompé par eux, a fini par leur appliquer ce dicton :

> On croit au véridique, encore alors qu'il ment ;
> Le menteur n'est pas cru, même sur son serment.

et ne leur accorde plus grand crédit.

Pourtant, la Guerre, découvrant tout ce que la Paix cache avec soin, permet aux Gazetiers de raconter ce qu'ils savent à ceux qui l'ignorent, au lieu qu'ils en sont réduits, pendant la Paix, à raconter ce qu'ils ne connaissent guère à ceux qui souvent le connaissent beaucoup mieux qu'eux.

En effet, la Paix, ayant rarement assez d'événements pour satisfaire l'appétit des curieux, force les Gazetiers à inventer chaque jour mille mensonges, tandis que la Guerre porte en elle-même de quoi remplir les gazettes.

Ainsi, qu'elles racontent l'entrée en campagne d'une armée,

le siége d'une place, une bataille, la victoire de tel général ou la défaite de tel autre, le stratagème de celui-ci pour secourir des assiégés ou la diversion de celui-là pour l'en empêcher, la prise d'une ville ou la résistance d'une autre, l'héroïsme d'un soldat ou la *prudence* d'un officier, les travaux d'approche d'une forteresse, les excursions dans la campagne, les escalades de nuit, le combat naval de deux escadres, il pourra sans doute se faire que, dans ces récits, le vrai se trouve mêlé de faux, et que, véridique par le fond, le narrateur mente quelque peu dans la forme ; mais l'ensemble en étant pourtant vraisemblable, ce qui déplaira à l'un plaira peut-être à beaucoup d'autres.

Mais le manque de matière, donne, pendant la Paix, une bien autre besogne à l'imagination de messieurs les Gazetiers, qui se voient dans l'absolue nécessité de parler de ce qui leur est étranger, et de se mêler de ce qui ne les regarde pas.

Ne pouvant s'arranger du secret que gardent les gouvernements sur les affaires des gouvernés, ils écrivent le jour ce qu'ils ont rêvé la nuit, et publient le tout, au risque — le moindre qu'ils puissent courir — de se faire la risée de gouvernés et gouvernants, — mais souvent aussi au grand dommage ou au grand ennui des uns et des autres.

Puis, donc, qu'il est évident que la Paix engendre le mensonge, tandis que la Guerre fait triompher la vérité ;

À bas la Paix !

Vive la Guerre !

XII

Mais d'où vient qu'au moment où nous devrions tous courir aux armes, j'aperçois de la pâleur sur tant de visages, et entends des voix timides murmurer : « Oh ! quel est le téméraire qui ose invoquer ce Dieu terrible des armées, qui couvre les champs de monceaux de cadavres, les inonde de fleuves de sang et les engraisse d'ossements épars ? »

Ah ! lâches, que ne dites-vous de suite que vous avez peur ?

S'il est vrai que la vie de l'homme est un combat, lui refuser la bataille n'est-ce pas le priver de la vie ?

Et que craignez-vous donc tant ? La mort, que l'on vous a dit, sans doute, être ce qu'il y a de plus terrible ? Mais cela qui n'est vrai d'aucune mort, ne saurait l'être de celle que la Guerre couvre de gloire.

La mort ne serait ce qu'il y a de plus terrible, que si la vie était ce qu'il y a de plus agréable. Or, en est-il ainsi ?

Combien de choses sont pires que la mort, et combien d'hommes et même de femmes ne se sont-ils pas, dans tous les temps, volontairement jetés dans ses bras, pour échapper à des maux qui leur semblaient avec raison plus insupportables ?

Mais, en supposant même que la mort fût le plus grand des maux, en quoi serait-elle plus à craindre sur un champ de bataille que dans un lit, causée par une prompte blessure, qu'amenée par une lente et cruelle maladie, efficace et glorieuse, qu'obscure et inutile ?

XIII

A la Guerre donc ! à la Guerre !

C'est là que, si l'on vit, on vit honoré ; que si l'on meurt, on meurt glorieux ; que l'on vit en héros et que l'on meurt en roi, et que, par sa mort encore plus que par sa vie, on acquiert la renommée la plus enviable !

N'ai-je pas déjà trop parlé ? puisqu'en vous parlant de guerre je vous empêche d'y courir. Ah ! c'est assez de paroles, des armes !

Allez cueillir des palmes et mériter des trophées ! Mais lors même que la Fortune inconstante trahirait votre courage, rappelez-vous que pour les nobles cœurs, mieux vaut mourir vaincu que de vivre déshonoré.

Général BOUM ! !

(4643). — Typ. Alcan-Lévy, boulevard Clichy, 62, Paris.